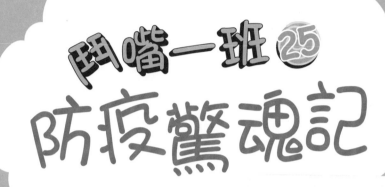

鬥嘴一班 ㉕
防疫驚魂記

卓瑩 著

U0099941

新雅文化事業有限公司
www.sunya.com.hk

第一章　搗蛋計中計　6

第二章　骯髒大王　22

第三章　來勢洶洶　32

第四章　停課樂逍遙　42

第五章　最後的大餐　54

第六章　好玩的網上課　66

第七章　確診驚魂　78

第八章　心慌慌度假團　88

第九章　骯髒大王大蛻變　100

第十章　這麼近，那麼遠　110

第十一章　齊心抗疫　123

第十二章　等待黎明　133

人物介紹

文樂心
（小辮子）

開朗熱情，
好奇心強，
但有點粗心
大意，經常
烏龍百出。

高立民

班裏的高材生，
為人熱心、孝
順，身高是他
的致命傷。

江小柔

文靜溫柔，善解人意，
非常擅長繪畫。

胡直

籃球隊隊員，
運動健將，只
是學習成績總
是不太好。

黃子祺

為人多嘴，愛搞
怪，是讓人又愛
又恨的搗蛋鬼。

周志明

個性機靈，觀察力
強，但為人調皮，
容易闖禍。

吳慧珠 (珠珠)

個性豁達單純，是
班裏的開心果，吃
是她最愛的事。

謝海詩 (海獅)

聰明伶俐，愛表現自己，
是個好勝心強的小女皇。

第一章　搗蛋計中計

　　一個初春的早上，天色一片灰暗，也不知太陽躲到哪兒去了，只派出濃濃的霧氣來代班，把大地染得白茫茫的，幾乎連馬路也要看不清了。

　　坐在校車上的江小柔心念一動，想到了一個主意。回到教室後，她便拉着胡直一起站上講台，大聲地向大

家呼籲道：「各位同學，還有幾天便
是春節假期了，我們不如把握時間，
把我們班那片農田重新開墾，那麼待
假期結束後，我們便差不多可以有新

的收成了！」

　　「好啊，新鮮摘下來的番茄和馬鈴薯，會特別好吃呢！」文樂心率先舉手支持。

　　周志明也點頭和應：「我們還可以嘗試種紅蘿蔔和油麥菜啊！」

吳慧珠舔了舔嘴巴道：「哇，多種幾款蔬菜，我便可以多做幾道新菜式呢！」

聽到又有機會一嘗珠珠的廚藝，高立民、黃子祺、謝海詩、馮家偉及李海沙等同學自然也熱烈響應。

有了共識後，同學們也就坐言起行，中午匆匆吃完飯，都急忙趕到那塊位於操場旁邊的農田，開展他們的翻土工作。

　　高立民、胡直、黃子祺等男生們
負責拿着鋤頭翻土，而江小柔則帶領
女生們，走到旁邊的小花圃中，選出
合適移植的蔬果苗。

　　　　不習慣幹這些粗活兒的
　　黃子祺，只握着鋤頭隨便翻
　　了幾翻，已經覺得疲累不堪，

便停下來左顧右盼，看看有什麼更好玩的事情。

他回頭一看，只見文樂心和江小柔正蹲在不遠處，專心致志地挑選着蔬果苗，便鬼鬼祟祟地走到她們身後，揚起自己那雙沾滿泥土的手，欲

拍在她們身上。

就在這時，蹲在旁邊的謝海詩碰巧抬頭發現了，連忙大喝一聲道：「黃子祺，你要幹什麼？」

文樂心和江小柔聞聲一看，只見黃子祺正用一雙沾滿泥土的手對着自

黃子祺，
你要幹什麼？

己，不禁大驚失色，慌忙後退，但江小柔腳下不穩，幾乎便要踏在小菜苗上，幸而文樂心反應敏捷，及時伸手拉了她一把，才站定了身子。

　　偷襲不成功，黃子祺心有不甘，竟轉移目標，向高立民、胡直、周志明等男生們攻去。

早已有所防範的男生們，自然不會讓他輕易得逞，紛紛閃身避開。

　　周志明見黃子祺來勢洶洶，也被勾起了愛玩的興頭，於是立刻俯下身來，把雙掌往泥土上一按，然後回身還擊。

黃子祺當然不會坐以待斃，二人於是展開了追逐戰。

就在他們追來逐去的過程中，他們把大家剛翻鬆了的農田，踏出了許多腳印，四周的圍欄也被撞得東倒西

歪，還差點把旁邊的高立民撞倒，幸得胡直扶了一把，高立民才不致於摔倒在地。

胡直生氣得破口大罵：「你們看看你們幹的好事！我們辛辛苦苦做了半天活，一下子都白忙了！」

周志明馬上擺着手喊冤：「跟我沒關係哦，我也只是自衛還擊而已，黃子祺才是罪魁禍首呢！」

霎時間，大家都狠狠地瞪着黃子祺。黃子祺

雖然明知自己不對，但嘴上仍然不肯認錯，還強詞奪理地笑道：「其實翻不翻土有什麼重要的？植物本身不是有求生本能嗎？只要有充足的陽光和水分，還怕它長不出葉子來？」

　　謝海詩托了托眼鏡，一字一句地解釋道：「翻土的目的，是為了使泥

土變得鬆軟，讓空氣和水分較易進入泥土中，菜苗便可長得更快更好！」

幾乎摔了一跤的高立民，氣憤難平地指責他道：「你破壞了我們的耕地，還不肯承認，我要找徐老師評評理！」

提到徐老師，黃子祺倒是有點慌了，忙急急提起鋤頭，嘻嘻地陪着笑道：「這點小事情，何必驚動老師，頂多我幫大家再翻一次土不就好了嘛？」

「行，那麼我們的翻土工作，就全拜託你了！」高立民牽了牽嘴角，

迅速跟胡直、周志明和馮家偉交換了一個眼色，然後有默契地同時放下手上的工具，轉身便走。

黃子祺見情況不對，才發現自己原來中了他們的詭計，急忙大喊着追上前去：「原來你們是串通好的，你們別跑啊！」

第二章　邋遢大王

午休過後，是以農曆新年為
專題的活動課，全級同學都齊集
禮堂，預備一起參與活動。

大家進入禮堂，頓覺眼前
一亮。

禮堂的裏裏外外，到處
都掛滿了各種對聯、大紅
燈籠、剪紙等賀年裝飾，
四周瀰漫着一片濃厚
的新年氣息。

禮堂內有十

多張長木桌子，都整齊地排列在左右兩側，每張桌子上都放着不同的物品，包括畫紙、顏料、畫具、剪刀、碗筷、麵粉等工具。

文樂心驚訝地喊：「咦，怎麼會有煮食用具啊？」

吳慧珠興奮地摩拳擦掌：「嘿嘿，難道今天上的是烹飪課程？」

不消一刻，她的疑問就有了答案。

徐老師和麥老師一起出現

麵粉

在講台前，徐老師首先向大家宣布道：「農曆新年將近，為了令大家對新年的傳統習俗有更深刻的認識，讓我們一起來玩個遊戲吧！」

麥老師接着道：「請大家以三至四人為一組，在限定時間內，製作出一項跟新年習俗相關的東西，看看哪一組能成為今天的冠軍啊！」

文樂心、江小柔、馮家偉和李海沙被安排寫揮春；吳慧珠、謝海詩和胡直負責做剪紙；至於高立民、黃子祺和周志明則負責做湯圓。

江小柔熟練地握着毛筆，寫起字

來有板有眼，文樂心篤定地笑道：「有小柔這位小書法家坐鎮，我們組的得分一定不會低啦！」

握着剪刀在剪紙的吳慧珠，瞟了瞟鄰桌的周志明，抿着嘴道：「我也擅長做湯圓喔，為何徐老師偏不選我嘛！」

正在揉搓着麵團的黃子祺，得意地笑道：「豬豬你別急，待湯圓做好後，我送你一顆！」

跟珠珠要好的周志明，也向她承諾道：「放心，我多做幾顆給你吃！」

就在這時，高立民忽然大喝一

聲:「黃子祺你住手！看你的手指頭，
全部都是黑乎乎的，好噁心啊！」

　　周志明瞄了瞄黃子祺的手，果然
見到他的手指頭都藏着污垢，頓時嫌

黃子祺你住手！

棄地皺起了眉頭道：「哇，在搓麵粉前，你應該先洗洗手啊，你這樣會污染食材的！」

正在認真地搓着麵粉的黃子祺，揚起雙手看了一眼，立刻分辯道：「誰說我沒洗手？只不過有些污垢太頑固，怎麼也洗不掉罷了！」

坐在鄰桌剪紙的胡直，也看不過眼，出言指責道：「既然明知如此，你就更不該碰食材啊！」

高立民趕忙把被污染了的麵團丟棄，一邊重新把麵粉倒進碗裏，一邊吩咐周志明道：「先別爭論了，趁

現在還有時間，我們快利用剩餘的麵粉，重新再做一次吧！」

他語氣一頓，橫了黃子祺一眼道：「不過，你就別參與了！」

「我也是組員之一，你們憑什麼不讓我碰？」黃子祺不甘心被他們排除在外，立刻拉着高立民的手理論。

誰知他這麼一拉，揚起了高立民手中的麵粉，一些粉末隨即飛進黃子祺的鼻孔，惹得他接連打了好幾個大噴嚏。而更糟糕的是，他噴出來的飛沫，偏巧全部落在了面前的麵粉和餡料上了。

高立民立時氣得直跳腳：「你把僅餘的食材都污染了，我們拿什麼交差啊？」

這一次，就連他的好友周志明，也忍不住生氣地道：「即使你趕不及用手掩住嘴巴，好歹也把臉別過去嘛，怎麼你連最基本的衛生常識都沒有啊？」

「你害得我們交不出作業，你要負責啊！」高立民氣呼呼地道。

「我又不是故意的，噴嚏要來的時候，誰又能攔得住啊！」黃子祺委屈地低聲咕嚕。

第三章　來勢洶洶

在農曆新年假期開始的第一天，黃子祺便和爸爸媽媽一起，到日本東京旅遊。

為了這次的東京之旅，黃爸爸一早便安排好了豐富的行程，包括遊覽淺草雷門寺、東京鐵塔、美術館、商店街等名勝，其中最少不了的，當然就是黃子祺最喜歡的主題公園啦！

一天晚上，他們盡興而歸，回到酒店泡了個溫泉浴，正當他們預備回房休息時，卻從電視的新聞報道中，

得知有一種新型冠狀病毒，正在中國
內地迅速擴散，某些疫情比較嚴重的
城市，更開始實施封城措施！

「看起來好像很嚴重的樣子
啊！」黃爸爸的神情是罕有的肅穆。

也許是因為事情發生在國內，離他們較遠，黃子祺並未感受到事情的嚴重性，倒是向來比較謹慎的黃媽媽，在逛商店街時見到有店舖在售賣口罩，便一口氣買了好幾盒，足足佔據了半個行李箱，令黃子祺無法再多買其他紀念品。

黃子祺交叉着雙手，氣鼓鼓地道：「好不容易去一趟旅行，不是應該

買些漂亮的紀念品或特產回家嗎？買
口罩回去幹什麼？」

黃媽媽聳聳肩道：「我見這兒的
口罩品質不錯，便順道購買一些，有
備無患啊！」

快樂的時
光總是過得特
別快，旅程轉眼間
便結束了。

當飛機抵達機
場時，已經接近凌
晨時分，他們拖着
沉重的行李箱回到

家後，都累得倒頭大睡，一直到翌日中午，他們才醒過來，到附近的商場吃午飯。

走着走着，黃子祺忽然見到前面不遠處的橫街上，有兩條長長的人龍，而其中一條人龍，更是繞過了好幾個路口。

「奇怪，那些人到底在排什麼？

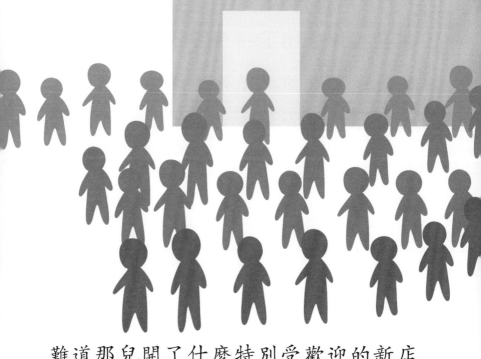

難道那兒開了什麼特別受歡迎的新店鋪嗎？」黃子祺不解地問。

黃爸爸和黃媽媽對此也大感困惑，在好奇心驅使下，便上前詢問其中一位戴着口罩的年輕女子。

年輕女子見黃爸爸這樣問，十分

詫異，伸手指了指前方一家大型百貨公司道：「你們不知道嗎？那家百貨公司，昨天在社交平台上公布，今天將會有少量口罩出售，我便來碰碰運氣喔！」

黃爸爸恍然道：「噢，原來是為了購買口罩！」

年輕女子歎息道：「何止口罩？這個病毒來勢洶洶，待會兒我還得去超級市場，多買些消毒及家居用品，儲備足夠的糧食，預備要窩在家中避疫一段日子呢！」

「沒想到這個突如其來的疫情，

竟然引發出口罩搶購潮！」黃媽媽聽得暗暗吃驚，回頭低聲對黃爸爸及黃子祺道：「幸虧我未雨綢繆，早在日本便買了好幾盒口罩作儲備，現在可真是派上用場了呢！」

　　黃子祺趕緊豎起大拇指，起勁地讚道：「媽媽，還是你最有先見之明啊！」

媽媽，還是你最有先見之明啊！

媽媽白了他一眼，笑罵道：「你這個馬屁精，吃完飯後，快回家幫我打掃衛生啊！」

「遵命！」黃子祺乖巧地一口答應。

然而，事情的發展，似乎比他們料想的更嚴峻。

過不了多久，香港多區陸續出現感染個案，整個城市一下子陷入了一

片恐怖的氛圍，即使仍然是新春佳節期間，大家都不敢再外出拜年，甚至連學校都宣布停課。

　　不知天高地厚的黃子祺，哪兒知道病毒的可怕？得知停課的消息，還雀躍地歡呼起來：「耶，爸爸媽媽上班後，家裏就只剩下我和工人姐姐，我可以玩個痛快了！」

第四章　停課樂逍遙

　　既不用上課，又沒有爸媽在身邊管束，黃子祺的日子，可就真是過得逍遙極了！

　　他每天都睡至日上三竿，還要在

牀上掙扎良久，才不情不願地起身，
然後也不去洗手間洗漱，便大搖大擺
地坐在沙發上看電視，又或者捧着手
機玩遊戲，玩得不亦樂乎。

　　遊戲玩得累了，他便打開社交
平台上的聊天羣組，找同學們一起
談天。

　　黃子祺在上面留言道：「剛打完遊戲機，還有什麼可以玩呢？」

　　他的訊息剛發出，高立民便立刻回應道：「噢，你竟然可以在家打遊戲機，也太幸福了吧？我的外婆長期

守在家，除了做功課和打理家務外，
我頂多就只能看看電視而已。」

　　文樂心也寫道：「哇，真的令人
羨慕！我家也有祖母和哥哥看着我，
我什麼都幹不了！」

「自從有了弟弟後，我媽媽很少有空管我，我早已習慣了。我只是有點擔心我們的耕地無人照料，那些剛種下的蔬菜苗，會不會枯死了呢？」江小柔憂心地問。

胡直連忙回道：「放心吧，學校裏有駐校的校工姨姨，應該不會放任它們不管的！」

「你們何必自尋煩惱啊？依我看，吃吃甜點，睡睡午覺，不就是最佳的消遣活動嘛，嘻嘻！」吳慧珠的生活似乎也過得很寫意，還在留言下方，加上一個甜睡中的表情符號。

謝海詩可一點也不認同，立刻在下面回應道：「珠珠，你這樣不但浪費時間，還會長肉，倒不如利用這段時間，多看點書，認識一下這個世界啦！」

　　黃子祺讀完大家的留言後，心中大為得意：「怎麼你們的生活都如此枯燥？看來這個悠長假期，過得最逍遙自在的人是我喔，呵呵！」

　　然而，逍遙自在的日子過得多了，也會覺得膩。每天起牀後，黃子祺便得為自己該幹什麼而傷腦筋，家裏又沒有人能陪他一起玩，他開始耐

不住寂寞，百無聊賴地在家中東摸摸、西看看。

忽然，他在玩具箱內，找到一個印着超人模樣的吹氣球。

「這個吹氣球，是我小時候最喜歡玩的，原來它被放在這兒呢！」黃子祺一下子記起自己小時候，經常跟爸爸一起打球的歡樂時光。

他忍不住把吹氣球取出來，重新把它吹得鼓脹脹的，然後「啪」的一

聲，把它往走廊的牆上一拋，然後又接回來。

就這樣，他把吹氣球往牆上來回拋接，拋着拋着，他漸漸感到有些沒趣，於是手上用力，想把吹氣球打到另外一個角落，卻不小心把球打歪，吹氣球撞牆後餘勁未了，竟不偏不倚地向着電視機上方的一個裝飾架飛去。

　　黃子祺頓時大吃一驚，忙飛身撲上，想把吹氣球抓住。

　　然而，他還是差了短短幾厘米的

距離，撲了個空，只能眼巴巴地看着
吹氣球撞在裝飾架上，擊中了一個金
色的獎盃。

獎盃隨即往下墜，「噹」一聲跌在地上，一分為二。

黃子祺大驚失色：「糟糕！這個獎盃是爸爸多年前，以記者身分參加攝影比賽時得來的，他一直都特別喜歡，怎麼辦？」

偏巧這時，門鈴「叮叮噹噹」的響起來了。

「不好，一定是爸爸回來了！」黃子祺一時沒了主意，只好逃也似的

躲回睡房裏去。

數秒鐘後，只聽得客廳傳來了黃爸爸的一聲怒吼：「黃子祺，你到底幹了什麼好事！」

黃子祺，你到底幹了什麼好事！

第五章　最後的大餐

　　黃爸爸下班回來，看見自己一直珍而重之的獎盃被摔碎了，頓時氣得臉色鐵青。

　　黃子祺見自己闖了大禍，也不敢抵賴，但在乖乖認錯之餘，他還是忍

不住為自己辯護道：「我不是故意搗蛋的，只不過我一看到吹氣球，就想起曾經跟爸爸一起玩的日子，便拿出來懷念一下而已。」

爸爸一怔，臉色稍寬地道：「就算如此，你也不該在家裏打球啊！」

黃子祺委屈地道：「不然我還能去哪兒？現在我每天都只能呆在家中，我悶得快要發瘋了呢！」

黃媽媽見兒子把封塵多年的玩具也翻了出來，相信他的確是悶得慌了，於是上前挽着黃爸爸的手，好言好語地勸道：「現在阿祺每天在家無所事事，的確是怪可憐的，既然他已經知錯，我們就原諒他一次吧！」

黃爸爸見她說得有理，也就不再追究，臉色也緩和了不少。

反倒是黃子祺不依不饒，拉着媽媽的手，一個勁地嚷着說：「媽媽，

我不想呆在家裏，我很想去看場電影，你什麼時候能帶我去？」

黃爸爸沒好氣地瞪他一眼：「現在疫情嚴重，別說去電影院了，就連圖書館和體育館都要關閉了呢！」

黃子祺其實也不是非要看電影不可，但他就是不明白，他不過是想到外面去走一走而已，為什麼就這麼難啊？

他忍不住一跺腳，負氣地抗議道：「你們要我每天都待在家，什麼地方也不讓我去，這樣跟坐牢有什麼差別嘛！」

黃媽媽自然能理解兒子的心情，於是溫柔地安撫道：「我明白你這樣很辛苦，但現在是非常時期，為了保障大家的安全，只好暫時委屈你了，待稍後情況好轉，我們便可以像以前一樣到處去了！」

「那要等到什麼時候嘛？我不要再沒完沒了地等下去了！」黃子祺不滿地說。

「去看電影是絕對不行了！」黃媽媽有些心軟，便提議道：「不過，這個周末，媽媽可以帶你到別處走走！」

「真的？不許反悔啊！」黃子祺這才高興起來。

到了周末，黃媽媽果然信守諾言，一大早便帶着黃子祺離開家，來到一處遠足的熱門地點。

站在山腳下的黃子祺，抬頭眺望着眼前高聳的山峰，不禁眉頭一皺：

「不是吧？我們現在戴着口罩，還走這麼難走的路，豈不是活受罪？」

「是嗎？那麼我們回家吧！」黃媽媽的語氣淡淡的，卻透着不可違抗的意味。

難得有機會出門，哪有就這樣回去的道理？黃子祺縱有千萬個不願意，也只好妥協了。

　　不過，由於疫情的關係，像他
們這樣往山上跑的人，比起往日郊遊
時多出了許多，他們只能跟着人羣往
前走，也不知走了多久，總算登上高
處。

　　當黃子祺站在山頂，居高臨下地
俯瞰着碧綠的海港及繁華的城市時，

他忽然覺得剛才那段路，總算是沒有白走了。

只可惜四周都站滿拍照的人羣，黃子祺費盡了九牛二虎之力，才能擠上前去。他趕忙摘下口罩，擺好姿勢，催促媽媽幫他拍照。

黃媽媽見他摘下口罩，頓時大吃一驚，忙急急制止道：「這兒人那麼多，你怎麼能摘口罩？快把它戴上！」

黃子祺卻不以為意地笑道：「媽媽你別大驚小怪啦，我摘下來拍個照，不過就是短短一分鐘而已。你看，其他人不也是這樣嗎？」

「正因為其他人都沒戴口罩，才最危險！」黃媽媽慌忙幫他把口罩重新戴上，然後拉着他急步離開。

然而，連續走了好幾個小時的山路，黃子祺早已飢腸轆轆，他撫着肚子問道：「媽媽，不如我們去吃炸雞好嗎？」

黃媽媽不假思索地拒絕：「疫情期間，我們還是回家吃吧。」

黃子祺努了努嘴巴，一臉不情願地道：「走了這麼久，我早已又餓又累，再也沒有力氣走回去了！」

黃媽媽拗不過他，只好帶他到一

家人流不多的餐廳用膳。

　　這一頓飯，黃子祺吃得狼吞虎嚥。除了他確實是餓壞了外，還因為他明白自己吃完這一頓後，下次再能像這樣在餐廳大吃大喝的日子，也不知道要等到何年何月了。

 **第六章　好玩的網上課**

　　黃子祺的想法雖然有些悲觀，但也不無道理，除去疫情原因不說，單單是工作繁忙的黃媽媽，也不可能天天帶他外出，他每天仍然是自己一個人。

　　幸而這時，好消息來了。

　　藍天小學的老師們見疫情遲遲未有好轉的跡象，為免學生荒廢學業，決定嘗試以網上視像形式授課。

　　黃子祺有點無法想像：「在網上怎麼上課啊？」

黃爸爸微笑着説：「只要大家都擁有一台具備攝像鏡頭的電腦，便可以利用互聯網上的視像軟件，進行多人的視像直播了！」

黃爸爸是電視新聞報道員，家中的電腦自然是設備齊全，他邊説邊帶着黃

子祺來到電腦前，打開相關的視像軟件，向他講解軟件的使用方法。

無奈黃子祺在這方面比較弱，只聽得他一個頭兩個大，一臉迷惘地道：「這個軟件，似乎很難操作啊！」

黃爸爸只好耐心地重新解說一遍，但黃子祺仍然未能掌握軟件的基本操作。

黃媽媽在旁看得大搖其頭：「如此複雜的事情，只靠阿祺自己，又如何能應付得來？算了，他開課當日，我還是請假一天吧！」

黃子祺對於上課這回事，雖然並

不是很熱衷，但能跟同學們見見面，畢竟比悶在家中無所事事要好得多，故此他對於上網課這回事，竟然也有了幾分期待。

到了星期一早上，期盼已久的網課，終於正式開始了。

黃媽媽剛把電腦布置完畢，一個個久違了的面孔，便陸續出現在屏幕前。

也許是在家裏上課的緣故，大家的衣着打扮，明顯都比較隨意。

向來愛整齊地束着兩條小辮子的文樂心，今天卻披着一頭及肩的長

髮，黃子祺故意在屏幕前東張西望，
裝出一副在尋找什麼的樣子道：「咦，
我們的小辮子呢？她今天怎麼沒來上
課？」

　　文樂心當然知道他是故意的，於

是也不急着生氣，只嘻嘻一笑地回敬
道：「黃子祺，原來你起牀都不梳洗
的嗎？乍看之下，我還以為你在頭上
種了一堆草呢！」

　　黃子祺連忙伸手理了理頭髮，卻

不認輸地胡吹大氣：「你懂什麼？我這是走自然風格呢！」

正在喝水的高立民一聽，幾乎嗆到，忍不住搶白道：「什麼自然風？你家在颳颱風嗎？」

同學們都忍不住哈哈大笑。

黃子祺一時接不上話，正思索着該如何反駁時，徐老師在屏幕上出現了。

徐老師倒是像往常一樣，笑容滿面地跟大家道：「各位同學，很高興可以透過這樣的方式，再次跟大家一起上課啊！」

為了先讓大家適應網課的模式及操作，徐老師安排大家輪流說故事。

　　最喜歡說故事的黃子祺，第一時間舉手參與。

　　他從書架上取出一本《三國演義》故事書，從中挑了桃園結義的情

節，便滔滔不絕地向大家講起故事來：「當劉備正在看朝廷的招兵文榜時，碰巧遇上張飛和關羽，他們傾談下來，發現大家志同道合，都想幹一番事業，於是便決定結拜為兄弟，發誓要同生共死。」

「奇怪，為什麼要叫『桃園結義』啊？」吳慧珠不解地問。

黃子祺來不及答話，謝海詩已經搶先回答道：「他們三人結拜的地方，是在張飛家中一個開滿桃花的園子裏，所以就稱為桃園結義了！」

「很好！」徐老師滿意地點點頭，然後宣布：「大家先休息五分鐘，然後便輪到江小柔為大家講故事。」

短短五分鐘，大家其實也只能去洗手間、喝喝水，時間就過去了。

正當大家回到座位，專心聆聽江小柔講故事時，一把聲音忽然插進來，罵罵咧咧地說：「黃子祺，你去完洗手間，怎麼都不沖水啊？」

黃子祺接着回應：「噢，我忘了啦！」

　　「這種事情怎麼能忘啊？你也太不講衞生了吧！」黃媽媽責備道。

　　霎時間，江小柔的故事再也說不下去，所有人都捧腹大笑：「黃子祺果然是名副其實的骯髒大王啊！」

　　黃子祺這才發現，原來他剛才說完故事後，忘記關掉麥克風，自己和媽媽的對話，竟然全部都讓大家聽進去了！

　　黃子祺頓時尷尬得臉紅耳熱。

第七章　確診驚魂

　　數天後的一個早上，黃子祺起牀時，覺得喉嚨有些痛。

　　他起初不以為意，只以為是天氣太乾燥的原因，多喝點水就會好。可是到了黃昏時分，他開始頭昏腦脹，全身乏力。

　　黃媽媽下班回來，見到他一臉呆滯的樣子，吃了一驚：「阿祺，你怎麼了？不會是生病了吧？」她急忙取出體溫計，為他量度體溫，發現他果然是發燒了。

在如此敏感的時期生病，黃媽媽非常不安，急忙帶黃子祺到附近的診所求醫。

醫生見黃子祺的病徵跟感染新型冠狀病毒相似，所以除了為他開感冒

藥外，還強烈建議黃媽媽，務必帶黃子祺去做核酸檢測。

聽到醫生的話後，黃媽媽的心更是七上八下，既想帶他去做檢測，又怕自己小題大做會嚇壞孩子，一時竟拿不定主意。

幸而黃子祺吃了藥後，體溫逐漸回穩，到了隔天下午，便已經回復到正常水平，除了偶爾有些咳嗽外，基本上已無大礙。

黃媽媽見他的病情有所好轉，頓時安心不少，對於檢測一事，也就沒有太在意。

然而，就在這天傍晚時分，門外忽然有人敲門。

門一開，只見門外站着的，是一位穿着整套防疫保護衣的防疫人員。

　　那人一見到她，便一臉嚴肅地跟她説：「太太，這棟大樓今天出現了一名確診者，由於貴户的樓層跟確診者較接近，共用了公共設施，為了避免更多人受到感染，衞生防疫中心決定圍封這棟大樓，即時為所有住户進行核酸檢測。」

警察封鎖線，不得越過

POLICE

DO NO

CORDON

T CROSS

察封鎖線，

POLICE CORDON

DO NOT CR

「不是吧？」情況太不妙了，一時間，連黃媽媽也不由得有點心慌意亂了。

屋內的黃子祺聞聲走到玄關，探頭探腦地問：「媽，怎麼了？是發生什麼事了嗎？」

黃媽媽深吸了一口氣，強自鎮定地回

警察封鎖線，不得越過

POLICE CORDON DO NOT CROSS

警察封鎖線，不得越過

頭道：「其實也沒什麼事，只是因為我們的鄰居有人確診新型冠狀病毒，衛生署的人唯恐我們會受感染，特意來到這兒為我們作核酸檢測。」

黃子祺聽到自己要做核酸檢測，登時害怕起來，怯怯地問道：「核酸檢測要怎麼做的？會不會很痛？」

門外的防疫人員聽到了，溫柔地笑道：「小朋友，你不必擔心，檢測時我們只會把棉花棒伸進你的鼻孔和口腔裏，輕輕地拭一拭，你只會感到有異物入侵的感覺，保證不會痛啊！」

「真的嗎？」黃子祺這才略為安心，但心裏還是難免有些忐忑。

不一會，替他們做檢測的護士姐姐來了。

當護士姐姐把棉花棒伸進來的那一刻，黃子祺緊張得閉上眼睛不敢

看，不過他似乎太多慮了，他眼睛才剛閉上，檢測便已經完成了。

然而，他的一顆心才剛落下，便又要再為另一件事而提心吊膽，那就是——檢測結果。

由於要檢測的居民數目不少，檢測的結果，要好幾個小時後才能有。

然而，這短短的幾個小時，對黃子祺來說，實在是太煎熬了。

「我不過就是去了一趟遠足、吃了一頓大餐，該不會就被感染了吧？」、「出入大廈時，我好像經常會接觸門把和扶手之類的，不會因此而被感染吧？」、「萬一真的被感染了，該怎麼辦？」

黃子祺越往壞處想，心便跳得越快，快得幾乎要無法承受了！

這天晚上，是黃子祺有生以來，過得最漫長的一夜。

第八章　心慌慌度假團

　　到了第二天清晨時分，防疫人員終於來叩門：「核酸檢測結果出來了，你們一家都是陰性，沒有受到病毒感染。」

　　「耶，太好了！」黃子祺笑逐顏開。

　　防疫人員接着說道：「不過，由於病毒在潛伏期內會較難檢測，即使檢測結果呈陰性，你們還未能真正脫離被感染的風險。為了安全起見，我們將會安排你們入住隔離中心，進行

為期十四天的隔離檢疫。請你們先收拾行李，我們稍後便會安排人員，上門接送你們前往。」

黃子祺的笑容頓時凝住，呆呆地目送防疫人員離開。

「不是說檢測結果出來後就沒事了嗎？」黃子祺感到既憂心又不滿，

「他們要把我們帶到哪兒去啊？」

在這件事情上，連黃媽媽也束手無策，只好安慰他道：「放心，無論到哪兒，媽媽都會陪在你身邊的。」

不過，要在如此倉促的時間內把行李收拾好，實在不是一件容易的事，黃媽媽不禁有些手足無措：「隔

離中心裏到底會提供什麼物品呢？除了要帶孩子的課本、玩具以及日常用品外，到底還需要帶些什麼？」

幸好黃爸爸是新聞主播，每天都負責報道相關的新聞，對於隔離中心的情況有一定程度的了解，他很快便羅列出一張必帶物品的清單來。

「爸爸，你很厲害啊！」黃子祺豎起大拇指讚道。

「這個當然，我是你爸爸啊！」黃爸爸傲然地一昂頭。

就這樣，他們同心協力，只花了短短三個小時，便把行李收拾妥當。

在家跟爸媽一起收拾行李時，黃子祺還覺得挺好玩的，直至他來到樓下，見到大廈四周都被封條嚴密地圍封起來，所有防疫人員都全副武裝，小心翼翼地領着住户們登上旅遊車時，他才意識到事態有多嚴重！

當黃子祺坐在旅遊車上，看着車子慢慢駛離市區，向着未知的目的地進發時，向來天不怕地不怕的他，心中是前所未有的忐忑。

　　雖然他的檢測結果是陰性，但當想到自己遠足時曾經摘下口罩，又曾經到餐廳吃大餐時，他還是不免有些

擔憂：「這些日子以來，我一直乖乖躲在家中，上天不會因為我出了這麼一趟門，就要懲罰我吧？」

可惜他這個問題，連上天都不能給他答案。

過了好一會，旅遊車來到一個位於郊外的隔離中心。

黃子祺帶着惶恐不安的心情，隨着魚貫的人羣，走進了這個他將要逗留十四天的地方。

這個隔離中心，本來是供大家遊玩的度假營地，四周的花圃都種滿色彩繽紛的花朵，環境優美怡人。

由於黃子祺年紀還小，防疫人員安排黃媽媽陪他同住一室，這讓他安心很多。

房間大約有二百多尺，雖然設施比較簡單，但牀鋪、書桌、衣櫃、冷氣機、電視機、熱水壺、吹風機、清潔用品等等，也是一應俱全。

當中最令黃子祺滿意的，是一道透明的落地玻璃趟門。

玻璃趟門上了鎖，但透過透明的玻璃，他們不但能欣賞到外面美麗的風景，還能不時跟和煦的陽光握握手，不至於與世隔絕。

雖然無法外出，但黃媽媽帶備了足夠的電子設備，可供黃子祺如常地上學校的網課。

當徐老師和同學們得知黃子祺正身處隔離中心，都十分震驚，周志明更吃驚得衝口而出：「黃子祺，你該不會是真的確診了吧？」

「當然不是啦！」黃子祺頭一昂，抿着嘴巴道：「我只是很不巧地跟確診者同住一棟大廈，被無辜牽連而已！」

「要連續十四天足不出戶，實在是太可憐了！」文樂心同情地道。

平日最愛跟他對着幹的高立民，也很仗義地一拍胸膛道：「兄弟，如果你悶得慌，可以隨時跟我用視像聊聊天，時間會過得快很多啊！」

　　吳慧珠也點頭和應：「待會兒你在聊天室寫下地址，我們可以寄一些零食給你解解悶！」

「我們還可以一起上網，玩玩線上遊戲啊！」周志明也插嘴道。

「謝謝你們！」經過大家一輪安慰後，原本心情鬱悶的黃子祺，總算暫時忘卻眼前的煩惱，露出一絲難得的笑意。

第九章 骯髒大王大蛻變

　　在接下來的日子，黃子祺忽然忙碌起來了。

　　首先，周志明通過網上的遊戲平台來找他，還帶着挑戰的口吻寫道：

「兄弟，你敢不敢跟
我賽一局羽毛球？」
　黃子祺當然不會示弱，毫不猶疑
地上前應戰：「為什麼不敢？儘管放
馬過來吧！」

雖然黃子祺平日運動細胞不太活躍，但網上打球的技術倒是不錯，跟周志明球來球往的，一點兒也沒有落後於人。

待他打球打得累了，高立民、胡直和馮家偉等同學，又相繼來找他用視像通話，令他一時有點應接不暇。

再然後，他便拉着媽媽陪他看看電視，玩玩拼圖、遙控車或陀螺，甚至還看看圖書，直至他把帶來的東西都玩了個遍後，這十四天的隔離生活，也差不多可以結束了。

　　到了第十四天的早上，太陽剛跑進來跟他打了個招呼，防疫人員就來

向他們報喜道：「恭喜你們，順利通過了最後一次的核酸檢測，可以收拾東西回家了。」

黃子祺頓時興奮得手舞足蹈，大聲歡呼道：「萬歲！媽媽，我們要好

好慶祝一番啊！」

黃媽媽也高興地連聲答應道：「好好好，今天晚上，我便親自下廚，為大家做一頓豐富的晚餐！」

當黃子祺拉着行李箱跨進家門時，走在前頭的爸爸媽媽，早已疲倦得癱倒在沙發上。仍然站在玄關的他，腦海裏卻忽然浮現出自己離開家前，還在不停咳嗽的畫面。

霎時間，他覺得這兒的每一吋空間，彷彿都布滿張牙舞爪的細

菌，一直在等着他們來上鈎。

　　想到這裏，黃子祺不由地打了個寒顫。

　　他連忙跑上前，把躺在沙發上的
爸爸媽媽拉起來，緊張兮兮地道：「你
們先別坐！我們這麼久沒回來，這兒
到處都是灰塵和細菌，讓我們先把屋

子徹底清潔乾淨才休息吧！」

　　他二話不說，轉身拿起一瓶消毒
噴霧，把屋子每個角落都噴了個遍，
然後再走進浴室，提起水桶和拖把，

開始認真地清潔起地板來。

　　他的舉動讓爸爸媽媽驚訝萬分，黃媽媽既欣慰又感慨地說：「沒想到這次的隔離生活，竟然能讓一個骯髒大王，搖身一變成為衛生模範生呢！」

　　黃爸爸也笑着點點頭道：「如此看來，這十四天的隔離生活雖然十分難熬，但也值得了。」

　　見到兒子這麼積極，他們自然也不能袖手旁觀，連忙加入清潔隊伍，展開大規模的掃「毒」行動。

第十章　這麼近，那麼遠

　　這天是學校復課的第一天，是大家期盼已久的大日子。同學們都一早起牀，開開心心地回到學校，高立民、文樂心和江小柔也不例外。

當他們來到學校門口時，卻見門外聚集着一大批同學，他們都戴着口罩，一個挨着一個地排起隊來。

「哇，怎麼會這麼多人啊？」文樂心很是驚訝。

「小辮子，你連這個也不知道嗎？」高立民抿着嘴巴，「現在我們但凡進入校園，都必須先通過體溫檢測。」

他們輪候了好一會，才總算進入校園，回到他們熟悉的教室。

然而，當他們踏進教室後，第一反應都以為自己是走錯門了。因為他們的教室，也有了翻天覆地的改變。

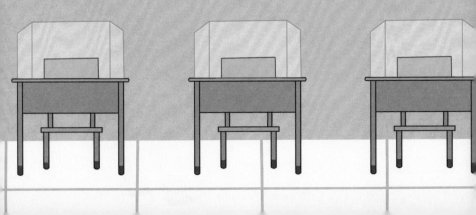

首先是桌椅的排列方式，從以往的雙行排列，變成單行排列。

其次就是每張桌子的邊緣，都以透明的膠板圍封起來，雖然不妨礙視線，卻無法跟鄰座的同學接觸。

江小柔扭過頭去，叩了叩文樂心面前的膠板，若有所失地努着嘴巴道：「心心，你明明就在我身後，卻跟我相隔了一堵牆的距離啊！」

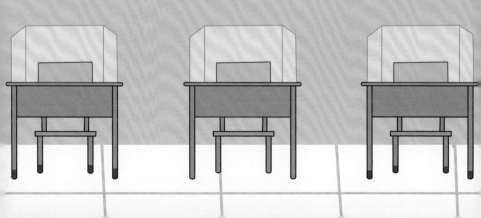

原本跟江小柔同桌的吳慧珠，把手往走道一伸，可憐巴巴地說：「慘了，我現在跟你們，可是有着一條河的距離呢！」

　　高立民倒是一副求之不得的樣
子，樂呵呵地笑道：「我倒覺得沒有
鄰桌也挺好，樂得清靜啊！」

　　文樂心頓時為之氣結，連忙反唇

相譏地道：「哼，我才不稀罕你這個鄰桌呢！」

就在這時，徐老師進來了。

把以充滿喜悅的聲線道：「這幾個月以來，大家都經歷了最艱難的時刻，全憑大家的忍耐與堅持，我們終於可以健健康康地回到這兒，再次享受校園生活，你們都很棒呢！」

「不過，幸福並非必然。」她話鋒一轉，「如果你們想把這份得來不易的幸福，牢牢地握在手中，便必須繼續嚴格遵守防疫措施，一刻也不能鬆懈。大家知道是什麼措施嗎？」

文樂心搶先舉手道：「我知道！我們外出時要配戴口罩，回家後要徹底清潔雙手。」

　　「這些誰不會？」高立民嗤聲一笑道：「能說些我們不知道的嗎？」

黃子祺一聽，頓時搖頭晃腦地說：「說到防疫措施，你們誰能比我知道得更多？」

胡直被他一言驚醒，「對啊！你不是曾經住過隔離中心嗎？你那段日子到底是怎麼過的？快跟我們說說！」

謝海詩也忍不住問道：「你是不是也要做核酸檢測？過程到底是怎麼樣的？」

說起自己的「慘痛」經歷，黃子祺可就起勁了，他挺直了身子，裝出一本正經的樣子道：「醫護人員為我

們做檢測時，會將一根小棉棒，伸進鼻腔及口腔深處，輕輕揩拭數次。」

吳慧珠吐了吐舌頭，有些怯怯地小聲道：「即使只是想想，也能感覺到痛！」

「豬豬，你的膽子真小啊！」周志明取笑道。

黃子祺搖搖頭糾正：「你可能會有異物入侵的感覺，但不會痛。如果害怕的話，可以閉上眼睛，權充自己是在挖鼻孔好了！」

高立民掩嘴，低聲笑道：「挖鼻孔是你的專長，怪不得你不怕痛！」

他此話一出，頓時惹得全班哄堂大笑。

黃子祺也不介意，只撓了撓頭，樂呵呵地跟着笑起來。

「黃子祺的分享，對大家很有幫助啊！」徐老師嘉許地笑說：「為了提高同學們的防疫意識，學校正預備推出大型全校防疫活動。我想邀請經驗豐富的黃子祺同學擔任我們的防疫大使，向全校的同學們，分享你在隔離期間的寶貴經驗，好嗎？」

難得被老師點名邀請，黃子祺感到十分驚喜，連忙昂起頭道：「能

為大家出一分力，我當然是義不容辭啦！」

　　高立民也不甘落後，立即舉手問道：「徐老師，我可以一起參與嗎？」

「我們也想幫忙啊！」文樂心、江小柔和胡直等同學也爭相響應。

徐老師高興地連連點頭道：「好呀，多一個人便多一分力量，大家都一起來幫忙吧！」

藍天校園電視台

第十一章　齊心抗疫

　　這天早會時，防疫大使黃子祺在藍天校園電視台的直播中亮相，接受主持人張佩兒的訪問，跟同學們分享他在隔離中心的所見所聞。

黃子祺果然是個說故事的能手，除了跟大家分享各種防疫的方法外，還把自己在隔離營時的起居細節，添油加醋地說得有聲有色，令許多原本對隔離生活充滿恐懼的同學，居然變得嚮往起來了。

　　當然，防疫大使的工作，可不止於此。

他每天都會領着高立民、文樂心、江小柔和胡直等同學，早早回到學校，按照徐老師的安排，在學校的大門前站崗。

他們每個人身上，都掛着一條寫有「義工」字樣的黃色布帶，安排每一位進校的同學，井然有序地測量體溫及清潔雙手。

這天午飯時，他們在校園內到處巡查，提醒大家要遵守防疫規則。

他們首先來到操場，見到一些同學親密地聚在一起聊天，沒有保持安全的社交距離，便連忙上前提醒。

走着走着，他們又看見一位正在跳繩的小女生，把臉上的口罩都弄歪了，也急忙告誡她道：「請你快把口罩調整好，千萬不能讓病毒有隙可乘啊！」

　　當他們好不容易在校園內走完一圈，終於可以回到教室好好休息時，黃子祺不經意地一抬頭，發現坐在前方的吳慧珠，居然把口罩摘了下來，偷偷吃着一包薯片。

跟她隔着「一條河」的黃子祺，立馬喊出聲來：「豬豬，你不能在學校吃東西啊！」

　　吳慧珠冷不防被他這麼一喊，整個人不由地抖了抖，手上的那包薯片掉到地上，散了一地。

　　「黃子祺，你這麼大聲幹什麼？嚇死人了！」吳慧

珠埋怨地道。

　　黃子祺一躍而起，義正詞嚴地說：「我們正處於防疫期間，你怎麼能為了吃東西而偷偷摘下口罩啊？」他頓了頓，又瞇起眼睛，一臉狐疑地追問道：「你剛才吃東西前，有先洗手嗎？」

　　被他這麼一問，吳慧珠頓時臉上一紅，有點心虛地為自己辯護道：「我不過就是吃幾塊薯片，前後只是幾秒鐘的時間而已嘛！」

　　黃子祺搖搖頭，嘖嘖地道：「感染病毒不就是一瞬間的事嗎？不管是

兩秒鐘還是兩小時，一旦沾上了就是沾上了啊！」

吳慧珠無言以對，只好乖乖把薯片收起來。但當她想到自己從此不能再在學校吃零食，便難過得幾乎要哭出來，小聲地咕嚕道：「往後的日子，我該怎麼過才好！」

跟她要好的謝海詩見狀，趕忙出言安慰道：「放心吧，只要疫情進一步緩和，一切很快便可以回復正常了！」

一直坐在旁邊看着的周志明，故意嚇唬她們道：「你們別高興得太早，

現在只是暫時穩定而已，説不定過不了幾天，社區又會再出現疫症呢！」

　　大家一聽，不約而同地一揚手，連聲「呸呸」地罵道：「瞧你這張烏鴉嘴，就不能説些吉利的話嗎？」

第十二章　等待黎明

出現在黃子祺眼前的，是一片湛藍色的天空和碧綠的大海。

黃子祺跟高立民、文樂心、江小柔等一班同學，穿着五顏六色的游泳

衣，在沙灘各處嬉戲。

　　高立民、胡直、馮家偉和李海沙正站在海邊的淺水處，半彎着身子，不停地把海水往其他人身上潑，繼而互相追逐，發出嘻嘻哈哈的歡笑聲。

　　文樂心、江小柔、吳慧珠和謝海詩，則坐在幼滑的細沙上，手上都握着一把小鏟子，正在用心地堆砌着一隻小海龜造型的沙雕。

　　至於黃子祺自己，被周志明拉到沙灘一角，躺在一棵大樹下，一邊吹着清涼的海風，一邊悠閒地欣賞着四周的景色，感覺無比的舒適寫意。

不過，沙灘上並非只有他們，還有很多其他的遊客。

　　當黃子祺見到所有人都沒有配戴口罩，而且毫無拘束地玩在一起，好像疫情從來都沒有發生過一樣，不禁詫異地問：「奇怪，現在不是疫情期間嗎？為什麼大家外出時也沒戴口罩？不怕被感染嗎？」

　　周志明聽他有此一問，頓時瞪大眼睛，像看怪物似地望着他道：「你沒事吧？病毒早就消失了，政府也宣布取消所有防疫限制，我們回復正常生活很久了。難道你不知道嗎？」

「真的嗎？太好了，我們不用再戴口罩了！」黃子祺驚喜大喊。

然而，隨着他這一喊，眼前的藍天碧海，忽然消失了。出現在他眼前的，是徐老師戴着口罩的面容。

「怎麼回事？」黃子祺往左右一看，才發現原來自己正在課堂上，同學們都不約而同地朝他看過來，每個人的鼻子和嘴巴，仍然被口罩封得嚴嚴實實，剛才那些可愛的笑臉，全都被掩蓋掉了！

原來只是
一場夢！

　　他不禁失望地低歎一聲：「原來
只是一場夢！」

　　徐老師並未責備他，只若無其事
地問道：「黃子祺，你是在做什麼美
夢嗎？」

　　黃子祺連連擺手道：「沒有沒
有！」

徐老師沒有理會他的回答，只繼續往下說道：「我猜，你必定是做着疫情消失的美夢，所以不用再戴口罩，對不對？」

黃子祺沒想到徐老師居然能一猜即中，頓時不好意思地傻笑起來。

「這不單是你的美夢，也是我們的美夢。」徐老師微微一笑，「不過，這絕對不會只是一個美夢而已。只要我們每個人都遵守防疫規定，做好該有

的防疫措施，我相信黑暗很快便會過去。到時候，我們不必再做白日夢，也可以正式跟口罩說再見呢！」

大家都點點頭，異口同聲地說：「沒錯，讓我們一起，期待着黎明的到來吧！」

鬥嘴一班學習系列

- 每冊包含《鬥嘴一班》系列作者卓瑩為不同學習內容量身創作的 全新漫畫故事，從趣味中引起讀者學習不同科目的興趣。
- 學習內容由 不同範疇的專家和教師 撰寫，給讀者詳盡又扎實的學科知識。

本系列圖書

中文科
漫畫故事創作：卓瑩
學科知識編寫：宋詒瑞、梁美玉

成語　　　　錯別字　　　　文言文

三冊分別介紹成語的解釋、典故、近義和反義；常見錯別字的辨別方法、字義、組詞和例句；40 篇不同主題的文言經典篇章，配合譯文解釋、賞析、文學背景及相關語文知識，並提供相應練習，讓讀者邊學邊鞏固知識！

英文科
漫畫故事創作：卓瑩
學科知識編寫：Aman Chiu

精心設計 36 個英文填字遊戲，依照生活篇、社區篇、知識篇三類主題分類，系統地引導學習，幫助讀者輕鬆掌握英文詞語。

常識科
漫畫故事創作：卓瑩
學科知識編寫：新雅編輯室

配合小學常識課程的範疇，帶出不同常識主題，幫助讀者輕鬆溫習常識科內容。

數學科
漫畫故事創作：卓瑩
學科知識編寫：程志祥

精心設計 90 道訓練數字邏輯、圖形與空間的數學謎題，幫助讀者開發左腦的運算能力和發揮右腦的創造潛能。

各大書店有售！

鬥嘴一班 25

防疫驚魂記

作　　者：卓瑩
插　　圖：Alice Ma
責任編輯：張斐然
美術設計：蔡學彰
出　　版：新雅文化事業有限公司
　　　　　香港英皇道 499 號北角工業大廈 18 樓
　　　　　電話：(852) 2138 7998
　　　　　傳真：(852) 2597 4003
　　　　　網址：http://www.sunya.com.hk
　　　　　電郵：marketing@sunya.com.hk
發　　行：香港聯合書刊物流有限公司
　　　　　香港荃灣德士古道 220-248 號荃灣工業中心 16 樓
　　　　　電話：(852) 2150 2100
　　　　　傳真：(852) 2407 3062
　　　　　電郵：info@suplogistics.com.hk
印　　刷：中華商務彩色印刷有限公司
　　　　　香港新界大埔汀麗路 36 號
版　　次：二〇二一年十一月初版
　　　　　二〇二四年九月第二次印刷

ISBN 978-962-08-7883-1